El Escape

La Serie del Rancho Martin:

Libro 3

Una Novela del Viejo Oeste

Por: Kent Hamilton

© Copyright 2020 Por: Kent Hamilton Todos los derechos reservados

El contenido de este libro no podrá ser reproducido, duplicado o transmitido sin el permiso escrito directo del autor o editor.

Bajo ninguna circunstancia se podrá culpar o responsabilizar legalmente al editor, o al autor, por cualquier daño, reparación o pérdida monetaria debida a la información contenida en este libro, ya sea directa o indirectamente.

Aviso Legal:

Este libro está protegido por derechos de autor. Es sólo para uso personal. Usted no puede enmendar, distribuir, vender, usar, citar o parafrasear ninguna parte, o el contenido de este libro, sin el consentimiento del autor o editor.

Índice

Capítulo Uno - "¡Corre!" 4

Capítulo Dos - "¿Puedes Ayudar?" 11

Capítulo Tres "Conoce a la Familia" 18

Capítulo Cuatro - "Feliz de Ayudar" 25

Capítulo Cinco: "Ven Conmigo" 31

Capítulo Seis - "Escondiéndose" 38

Capítulo Ocho - "La Propuesta" 52

Capítulo Nueve - "Necesitamos un Plan" 59

Capítulo Diez - "¡Vamos!" 66

Capítulo Once - "¡Esto se Acabó!" 73

Capítulo Doce 80

Capítulo Uno - "¡Corre!"

Chloe luchaba por mantener el latido de su corazón bajo control, preocupada de que John fuera a despertar en cualquier momento. Esta no había sido la vida que ella esperaba, y John no era nada como él se había descrito.

Avanzando cuidadosamente, Chloe se detuvo con cada chillido de las tablas de madera, pero los ronquidos de John nunca pararon. La había mantenido aquí durante tres semanas, sin mencionar al pastor, y la forma en que la miraba le daba escalofríos. Si se quedaba, estaba segura de que él se metería a la fuerza en su cama, y dado que era mucho más grande que ella, Chloe no creía que lograría defenderse.

Su único plan había sido fingir que todo estaba bien, y esperar que algún día la llevara al pueblo. Así, ella podría encontrar al sheriff y pedirle su ayuda. No había visto otra salida.

John había comenzado a beber. Al principio no había sido mucho, pero, a medida que pasaban los días, él bebía más y más y las esperanzas de Chloe aumentaban.

Finalmente, John se había emborrachado hasta más no poder. Estaba ahora roncando alegremente, y Chloe tuvo que tomar el riesgo. Agradecida de haber mantenido su maleta en su mayor parte empacada, se apresuró a tirar todo lo demás y se dirigió a la puerta.

¡La llave! ¡No estaba en la cerradura! Maldiciendo en voz baja, Chloe colocó suavemente su bolso al lado de la puerta principal y comenzó a mirar a su alrededor. Ya estaba bastante oscuro y, como de costumbre, John sólo había encendido una linterna, dejando que el resto de la pequeña granja se iluminara con el fuego que ardía en la chimenea. Desafortunadamente para Chloe, el fuego ya había comenzado a apagarse y las llamas no eran tan pronunciadas como lo habían sido cuando John había empezado a beber.

¿Dónde habría puesto la llave? Apretando los dientes con frustración y luchando contra su miedo, Chloe comenzó a moverse calladamente por la casa, buscando la llave por todas partes. No estaba en la cocina ni en su dormitorio, y ciertamente no la habría puesto en el de ella. El único otro lugar era... él.

Temerosa, Chloe se dirigió hacia John, notando que estaba dormido.

Su pelo canoso estaba hecho un completo desorden y la barba de unos días era obvia. El hombre se cuidaba muy poco, y esperaba que Chloe lo atendiera de pies y manos, ¡incluso sin que se casaran oficialmente! Todo había sido como un horrible sueño del que Chloe no había podido despertar.

Mirando por encima de él, Chloe de repente vio el bolsillo de su camisa, que parecía tener algo dentro. ¿Era la llave? ¿La había puesto allí para que ella no pudiera escapar, aunque él se durmiera? Un escalofrío corrió a través de ella mientras lentamente extendía una mano y pasaba un dedo suavemente sobre el bolsillo de la camisa.

Sí, parecía que la llave estaba ahí. ¿Se despertaría si ella la tomaba? *«No voy a rendirme ahora»*. Caminando detrás de él, Chloe lentamente pasó una mano sobre su hombro, deslizando sus dedos cuidadosamente en el bolsillo de su camisa. El frío del metal le dio una sacudida de esperanza, pero lo peor aún no había pasado. Mientras ella levantaba lentamente la llave de su bolsillo, John se movió y dejó de roncar.

—¿Qué está pasando? —murmuró, moviéndose en su silla.

Sacando la llave de su bolsillo, Chloe la apretó con un puño, antes de intentar hablar con calma. —Nada —dijo ella, suavemente—. Sólo venía a ver si estabas bien —metiendo la llave en el bolsillo, ella apoyó cuidadosamente su mano en el hombro de él, esperando que el contacto físico (que ella no había estado tan dispuesta a dar) lo calmara.

John gruñó, y tiró de su brazo hasta que ella no tuvo más remedio que pararse frente a él.

—Chloe —dijo con dificultad, arrastrando su cuerpo a su regazo—. No te liberarás sin un beso.

Su aliento apestaba y Chloe tuvo que forzarse a no darse la vuelta del asco.

Ahora que tenía la llave, necesitaba que él se volviera a dormir para poder escapar, y eso significaba hacer todo lo que tuviera que hacer.

—Mmmm... —murmuró, inclinándose hacia delante y apretando un ligero beso en sus labios.

John gruñó con satisfacción y la apretó más contra él, mientras sus labios mojados buscaban encontrarse con los de ella de nuevo.

Chloe trató de no ponerse tensa, dejando que la besara como quisiera.

Momentos después, él empezó a soltarla un poco y dejó caer su cabeza hacia atrás, liberándola de su beso. Deseando poder limpiarse la boca con el dorso de la mano, Chloe intentó sonreír. —Vuelve a dormirte —le dijo ella—. Estaré aquí cuando despiertes.

John murmuró algo, buscando la botella de whisky que había en la mesa junto a él. Dando unos largos tragos, sus ojos finalmente comenzaron a cerrarse de nuevo mientras sus manos la soltaban aún más.

Respirando lentamente, Chloe esperó lo que parecía una eternidad, antes de que John volviera a roncar. Sus manos se deslizaron por la cintura y el muslo de ella, liberándola para que se alejara con cuidado de él. Tan silenciosamente como pudo, Chloe se puso de pie, dejando a John en otro sueño de borracho.

Se sentía sucia por todas partes, deseando poder verter un cubo de agua humeante sobre su cabeza para limpiarse de su olor. Sus besos no le habían traído más que repulsión, pero su huida estaba al alcance de su mano. Caminando calladamente hacia la puerta, Chloe sacó la llave de su bolsillo y la colocó en la cerradura. El chillido que hacía parecía hacer eco por toda la habitación, y Chloe contuvo la respiración mientras John se movía de nuevo en su silla. Después de unos segundos agonizantes, Chloe abrió la puerta, manteniendo los ojos fijos en John dormido, antes de agarrar su maleta y salir por la puerta.

Con la llave aún en su mano, Chloe valientemente cerró la puerta desde afuera, tirando la llave a la oscuridad. Si John se despertaba y descubría que Chloe no estaba, podría ser lo único que le permitiría escapar.

Mirando a su alrededor, con su corazón todavía latiendo dolorosamente en su pecho, Chloe se preguntó qué debía hacer ahora. Ella no había pensado a largo plazo. Salir de la granja era una cosa, pero no había otro lugar adonde ir. Ella no conocía la zona ni la dirección del pueblo, pero sí sabía que tenía que irse. Sin poder arriesgarse a tomar un caballo, se puso la maleta bajo el brazo y salió a la noche, con la pequeña linterna que había tomado de la casa. Con suerte, ella encontraría su camino de alguna manera, o al menos estaría lo suficientemente lejos de John por la mañana.

Capítulo Dos - "¿Puedes Ayudar?"

Michael se frotó los ojos con el dorso de la mano, topándose con el aire fresco de la mañana. El sol apenas había empezado a salir, pero estaba ansioso por llegar al rancho.

—¿Tienes un caballo? —preguntó, mientras el herrero levantaba la vista de su trabajo.

—Te has levantado temprano —contestó el hombre, sonriendo—. ¿Vas a algún lugar importante?

Michael agitó la cabeza. —Me dirijo al Rancho Martin. Hace mucho tiempo que no veo a mi hermano.

—El Rancho Martin, ¿eh? —contestó el herrero, pensativo—. Parece que se están recuperando después de lo que pasó.

—¿Qué pasó? —preguntó Michael, inmediatamente. Christopher no le había escrito con ninguna noticia sobre el rancho desde hacía mucho tiempo, así que lo que había pasado debía ser bastante reciente.

El herrero agitó la cabeza. —Algunos de los viejos rancheros decidieron crear problemas. Los echaron por no escuchar a la Srta. Eliza, o a la Sra. Eliza como es ahora. ¡Intentaron incendiar el rancho!

Parpadeando un par de veces, Michael se quedó boquiabierto ante el herrero. —¿Qué? ¿Cuándo? ¿Están todos bien?

El herrero se rio, poniéndole una mano en el hombro. —No empieces a preocuparte ahora, todo está bien. Uno de los nuevos rancheros tiene una mujer muy valiente a su lado, y ella dio la alerta. Lograron controlar el fuego antes de que se pusiera muy feo. ¡Atraparon a los hombres también! Todo ha vuelto a la normalidad, pero el rancho ha tardado un poco en recuperarse.

—Razón de más para ir para allá —murmuró Michael, con tristeza.

Cuando le escribió a Christopher, preguntándole si tal vez podría tener trabajo para él, Christopher no había mencionado ninguna dificultad en el rancho. Lo último que supo de él fue que se había casado con la dueña del rancho, pero que no le había exigido ningún tipo de titularidad. Eso sonaba como su hermano mayor, siempre haciendo lo correcto. Esa fue probablemente la razón por la que no le había dicho sobre el incendio en el rancho, no quería que se preocupara.

—Toma —dijo el herrero, llevando una de sus yeguas—. Tráela de vuelta en un par de días, ¿quieres? No me gusta que mis animales se vayan por mucho tiempo.

—Gracias. —Subiendo a la silla de montar, Michael dejó caer un par de monedas en la mano del herrero—. Me aseguraré de volver pronto.

Michael disfrutaba la sensación del viento en su cara, como si estuviera limpiando las telarañas de su mente. Había estado viajando durante lo que parecían semanas, y ahora, finalmente, iba a llegar a su nuevo hogar.

La vida en la ciudad no era lo que él esperaba. Había pasado sus años de juventud aprendiendo cómo llevar un rancho y había pensado que seguiría una vida de ranchero al igual que su hermano mayor, pero la llamada de la ciudad había sido demasiado grande.

Desafortunadamente, no había sido tan maravilloso como él esperaba y había terminado prácticamente sin un centavo, buscando un lugar donde quedarse.

«Gracias a Dios que Christopher pudo ayudarme», pensó Michael mientras cabalgaba por la llanura.

Un repentino chillido obligó a su caballo a levantarse, forzando a Michael a aferrarse con todas sus fuerzas. Tratando de aferrarse lo mejor que pudo, Michael calmó al caballo y se las arregló para mantenerse sentado, todo antes de darse cuenta de qué (o quién) era lo que había hecho que su caballo se asustara.

—¿Qué diablos cree que está haciendo? —exclamó enfadado, saltando desde su montura y mirando a la mujer cubierta de polvo que tenía delante—. ¡Podría haberme matado!

—Debiste haber visto por dónde ibas —respondió ella, aunque el ligero temblor de su labio indicaba lo exhausta que estaba—. Sólo estaba sentada por un momento.

La miró con más desprecio durante un momento, antes de admitir que tenía razón. Había estado demasiado ocupado pensando en Christopher y Elizabeth para ver por dónde iba. —¿Vas a alguna parte? —preguntó, cambiando de tema. La mujer frente a él parecía totalmente exhausta, como si hubiera estado fuera toda la noche.

Chloe tragó con fuerza, sin estar segura de lo que debía decir. Ella no conocía a este hombre, y fácilmente podría ser amigo de John.

—Voy a ir al Rancho Martin si necesitas ayuda —dijo Michael, un poco más suavemente—. No está lejos.

Al mirarlo, Chloe vio los ojos verdes y la cara honesta del hombre. Él no parecía peligroso y, en ese momento, ella no tenía idea de adónde más ir. Había estado en la oscuridad durante la mayor parte de la noche, antes de quedarse dormida con la cabeza en su maleta, protegida por un grupo de árboles. Ahora que se acercaba el amanecer, la necesidad de ir a un lugar seguro para esconderse crecía a cada minuto. John ya podría haberse despertado, fácilmente. Cuando el caballo se exaltó, por un momento horrible pensó que era John quien lo montaba, antes de recordar que John estaría demasiado borracho para montar.

—Date prisa y decide, ¿quieres? —interrumpió el hombre, un poco brusco—. ¡He estado deseando llegar al rancho durante días!

Chloe lo miró directo a los ojos. Se puso de pie, levantó su maleta y trató de sonreír. —Gracias —murmuró—. Supongo que iré al rancho.

La miró durante un momento más, antes de saltar de su caballo y tomar su bolso. Parecía que se caería en cualquier momento y lo último que él quería era una mujer inconsciente en sus manos. —Arriba —sonrió, soltando su bolso y extendiendo las manos juntas para que ella montara su pie para tomar impulso—. Antes de que te desmayes.

Al subirse al caballo, Chloe sintió que un torrente de alivio la inundaba, haciendo que se encorvara un poco.

—No tardaremos mucho —continuó, sonriéndole con una leve señal de preocupación—. Soy Michael, por cierto.

—Chloe —contestó ella, su voz apenas lo suficientemente fuerte para que él la escuchase.

—Bueno, Chloe —sonrió enérgicamente, guiando al caballo—. Vayamos al rancho.

Capítulo Tres "Conoce a la Familia"

Michael apenas había sido capaz de quitarle los ojos de encima a Chloe mientras se dirigían al rancho. Estaba sentada lo más erguida que podía, a pesar de su aparente agotamiento. Sus oscuros rizos rebotaban mientras cabalgaba, resaltando lo pálida que estaba.
Ocasionalmente, la veía mirando a su alrededor, como si temiera de lo que pudiera ver. ¿Estaba preocupada de que alguien fuera tras ella? Y si es así, ¿quién? No quería preguntarle, no sin conocerla mejor antes. Habría tiempo para todo eso más tarde.

Ahora, ambos se pararon en la puerta principal del rancho, esperando que alguien los dejara entrar. Chloe estaba temblando un poco, aunque esperaba que él no lo notara. Ella estaba casi esperando que John apareciera en la puerta, aunque sabía que estaban lejos de su casa.

—¡Michael!

Un hombre de aspecto amistoso apareció en la puerta, inmediatamente empujando a Michael hacia un gran abrazo. Chloe se quedó atrás mientras los dos hombres se reían y se abrazaban, ambos hablando a la vez.

—Es genial verte —dijo Michael riendo, realmente feliz de volver a ver a su hermano mayor—. ¡No has cambiado nada!

—Este lugar me sienta bien —respondió Christopher con una sonrisa—. ¡Como mi esposa! Hablando de eso, entra y te la presentaré. —De repente, sus ojos vieron a Chloe, que intentaba esconderse a la sombra de la puerta—. Oh, lo siento muchísimo —continuó, inmediatamente—. ¡No sabía que Michael traería a su novia! —Miró interrogativamente a su hermano mientras Chloe sentía que sus mejillas se calentaban.

Michael trató de reír, aunque el sonido se le atascó en la garganta. —No es mi novia, Christopher. La encontré de camino aquí, está buscando ayuda.

—Siento ser una molestia —dijo Chloe, deseando que pudiera hacer su voz más fuerte que el susurro que era en aquel momento—. Pero realmente no tenía adónde ir.

Los ojos de Christopher se volvieron comprensivos. —Por supuesto.

Adelante, Chloe. De nada, y estoy seguro de que mi esposa, Eliza, estará más que feliz de ayudarte.

—Gracias.

Chloe miró rápidamente a Michael, cuyos labios se habían curvado en una sonrisa, mientras se ponía de pie para dejarla entrar delante de él. Era todo un caballero, pensó para sí misma, mientras entraba en la casa. Su corazón latía tan rápido y tan fuerte que pensó que podría colapsar en ese mismo instante.

Michael vio a Chloe balanceándose un poco mientras entraba, y apoyó suavemente su mano en la parte baja de su espalda, apoyándola mientras entraban a la cocina. Colocando su brazo alrededor de su cintura, rápidamente la guió a una silla, antes de voltearse para conocer a la nueva esposa de su hermano.

—Eliza —sonrió, mientras Christopher rápidamente hacía las presentaciones—. Encantado de conocerte.

Ella le devolvió la sonrisa, antes de darle un abrazo rápido. —Ahora somos familia —se rio, notando su expresión de sorpresa—. Y estoy encantada de conocerte. Ella es Alice, vive aquí con nosotros.

—Encantado de conocerla —contestó Michael, con una sonrisa rápida a la señora mayor sentada en el rincón, ocupada con su tejido—. ¡Estoy muy contento de haber venido!

—Nosotros también —sonrió Eliza, mirando a Christopher—. Tenemos muchas cosas en este rancho con las que necesitaremos ayuda, especialmente ahora que cierta persona hará su aparición en unos meses.

Christopher besó la mejilla de su esposa, arrojando un brazo alrededor de su cintura y acercándola más. —Parece que esperaremos un bebé dentro de unos meses.

La boca de Michael se abrió, sorprendido. —¡Felicidades!

—¡Pareces sorprendido! —Christopher se rio.

—Apenas me acostumbro a la idea de que estés casado —replicó Michael, tirándose en una silla junto a la mesa de la cocina—. ¡Y ahora me dices que vas a tener un bebé! Aunque, estoy encantado.

—Serás tío —contestó Eliza sonriendo—. Sólo quiero que sepas lo agradecidos que estamos de que estés aquí.

—Espero que estés planeando quedarte —dijo Christopher, con un poco de cautela—. Hay una vieja cabaña al otro lado del corral. Es tuya si quieres.

Michael no pudo evitar su asombro. —¿Me estás ofreciendo un lugar para

vivir?

—Bueno, si eres lo suficientemente feliz como para repararla, entonces sí

—contestó Eliza, con una sonrisa calmada—. Nos alegra tenerte aquí, Michael. La familia es importante.

—Entonces no puedo agradecerte lo suficiente —dijo Michael, en voz baja. Después de algún tiempo sin hacer mucho, finalmente sintió que estaba teniendo la oportunidad de echar raíces, y que le ofrecieran una casa propia en el rancho de su cuñada era más de lo que jamás había esperado—. Pero seré útil, no te preocupes.

En ese momento, Eliza vio a Chloe y se dio cuenta de lo grosera que había sido. —¡Oh, lo siento muchísimo! ¡Aquí estoy parloteando y ni siquiera me he presentado!

El calor entró en las mejillas de Chloe cuando cuatro pares de ojos se voltearon hacia ella. —Siento mucho molestar su hospitalidad.

—No menciones nada de eso —dijo Eliza, dándole una taza de té—. Cualquier amiga de Michael es bienvenida aquí.

—Me temo que no soy una amiga —contestó Chloe, atreviéndose a echar un vistazo a su salvador—. Michael acaba de encontrarme en las llanuras.

—¿Oh?

Tragó con fuerza, sabiendo que iba a tener que explicar la verdad. —Supongo que debería empezar por el principio.

Eliza se sentó en una silla, con una sonrisa amable en la cara. —Tómate tu tiempo, Chloe. Cuando estés lista.

Capítulo Cuatro - "Feliz de Ayudar"

Chloe respiró hondo, esperando que no la echaran una vez que hubieran escuchado su historia.

—Vine a casarme con John, así como una esposa que pidió por correo.

—¿John Black, el granjero? —Christopher interrumpió, frunciendo el ceño.

Chloe asintió, un poco avergonzada. —Sí, él.

—¿Qué pasa con él? —Eliza le preguntó a su esposo, viendo la expresión de asco en su cara.

Christopher agitó la cabeza. —No es un buen hombre, por lo que dicen. No se preocupa mucho por sus animales y apenas puede conseguir que alguien trabaje para él. Tiene un poco de mala reputación.

—Oh, Dios mío —dijo Alice, desde la esquina—. ¿Sabías algo de esto antes de venir aquí, querida?

—No, no lo sabía —susurró Chloe, la vergüenza quemando sus mejillas—. Creí todo lo que me dijo sobre sí mismo. Se hizo pasar por un hombre trabajador y honesto. Me contó historias maravillosas sobre la vida aquí, y pintó un cuadro glorioso de la vida que estaríamos viviendo juntos.

—Qué hombre tan despreciable —declaró Eliza, decididamente—. No te casaste con él entonces, espero.

Chloe agitó la cabeza. —No lo hice, pero firmé un contrato antes de llegar, prometiendo que lo haría. —Un silencio cayó a través de la habitación cuando se dieron cuenta de lo que ella quería decir. Si había un contrato, entonces ella estaba prácticamente atada al hombre, a menos que pudiera encontrar un juez comprensivo que la liberara de él—. ¿Es amable el juez aquí?

—No hay juez —contestó Christopher—. Hay uno que viene de vez en cuando, pero nadie permanente.

Michael aclaró su garganta. —Entonces, si no estás casada, ¿por qué huías?

Chloe apretó los labios antes de contestar, frenando el temblor en sus manos. —No tenía adónde ir, así que me llevó a su granja, prometiéndome que nos casaríamos al día siguiente. Una vez que me di cuenta de que él no era quien había dicho ser y que no tenía intención de llevarme ante el pastor, empecé a buscar una forma de escapar.

—¿No te dejó salir de la casa? —Eliza jadeó, su mano yendo a su boca.

Sacudiendo la cabeza, Chloe vio la chispa de ira en los ojos de Michael y se sintió un poco más tranquila. No parecía verla como una malhechora, huyendo de su prometido. —En el momento en que lo vi bebiendo, supe que era mi única oportunidad. No sabía adónde ir, pero sabía que tenía que irme.

¿No podías haberte llevado el contrato contigo? —preguntó Christopher, pensativo—. Sin el contrato, no tiene por qué molestarte.

—Lo ha escondido en alguna parte —explicó ella, moviendo la cabeza—. No me atrevía a buscarlo por si se despertaba. Además… —continuó, tartamudeando un poco—. Yo... estaba segura de que, si me quedaba, intensificaría su atención hacia mí. —Se estremeció, sus ojos cayendo al suelo.

—Estás a salvo aquí —dijo Eliza, amablemente—. No te preocupes, Chloe. No te encontrará aquí y, aunque venga a buscarte, Michael y Christopher lo mandarán a hacer maletas.

—Gracias —susurró Chloe, agradecida—. Ojalá pudiera conseguir ese contrato. Entonces sería verdaderamente libre.

Michael no dijo nada, pero empezó a enojarse con la forma en que la dama había sido tratada. Ella estaba claramente exhausta y aterrorizada, y él sintió una ligera sensación de culpa que lo sacudió cuando se dio cuenta de lo áspero que había sido con ella. Era una mujer fuerte, soportando lo que le pasaba, pero aun así logrando escapar. Ahora mismo, quería ir a la granja de John Black y sacudirlo hasta que se le salieran los dientes. Luego, le daría un puñetazo o dos, le exigiría el contrato y lo quemaría delante de su cara.

—Y luego enviarlo a la cárcel —murmuró para sí mismo, cerrando los ojos brevemente.

Cuando Eliza y Alice comenzaron a tranquilizar a Chloe, Christopher se inclinó hacia su hermano. —No te pongas a hacer algo estúpido, hermanito.

—¿De qué estás hablando? —Michael gruñó, frustrado.

—Veo esa mirada en tu cara, no importa cuán rápido trates de esconderla— sonrió Christopher—. Esa mujer ya se ha apoderado de ti. No vayas a la casa de John, como sé que probablemente quieres hacerlo.

Michael abrió la boca para decirle a su hermano lo equivocado que estaba, sólo para que Christopher le diera una palmada en la espalda, se alejara de la pared y se acercara a su esposa.

—Chloe, eres bienvenida a quedarte con nosotros el tiempo que sea necesario para arreglar las cosas —declaró Christopher, con una sonrisa—. Alice, no te importa compartir tu habitación, ¿verdad?

—Para nada —declaró Alice, con una sonrisa—. Estaremos cómodas, Chloe, no te preocupes.

Michael se dio cuenta, de golpe, de que ahora iba a estar bajo el mismo techo que esa Chloe, sorprendido de lo encantado que estaba por la noticia. Tal vez conocería un poco más a Chloe, y descubriría qué fue lo que la atrajo a este lugar. Algo en él quería ayudarla, hacerla sonreír en vez de verla fruncir el ceño.

Capítulo Cinco: "Ven Conmigo"

Chloe sonrió para sí misma mientras agitaba el guiso. Llevaba aquí cinco días y poco a poco empezaba a relajarse. No había habido ningún avistamiento de John, y ella se ofrecía a ayudar en el rancho donde podía. Por el momento, pensaron que lo mejor era que se quedara dentro, pero Chloe estaba muy contenta de estar de acuerdo. Ayudar con los quehaceres había sido algo natural, y como Chloe era una cocinera entusiasta, había estado encantada de ayudar a Alice y Eliza. Eliza, desafortunadamente, sufría de náuseas matutinas, y tanto Chloe como Alice habían insistido en que descansara. No era propio de Eliza quedarse en la cama, pero por su persuasión (y por la insistencia de Christopher) ella finalmente había hecho lo que ellos le habían pedido.

—Eso huele bien.

Chloe miró a su alrededor, sonriendo a Michael mientras entraba, quitándose el sombrero de la cabeza. Él le sonrió e inmediatamente, un cálido resplandor se extendió desde el centro de ella hasta las puntas de sus dedos. No pudo evitar su reacción hacia él. Siempre pasaba unos minutos hablando con ella durante el día, simplemente averiguando cómo estaba su día. Chloe sintió una risita en su garganta mientras pensaba en lo mal que había reaccionado ante él la primera vez que se encontraron, en medio de las llanuras desérticas. Él había estado malhumorado y frustrado, y ella no estaba segura de si confiar en él o no. Ahora, él era exactamente lo opuesto, amigable y encantador, con una sonrisa que siempre parecía encender algo dentro de ella.

Revolviendo el guiso, Chloe le sonrió rápidamente. — Espero que tengas hambre.

—Claro que sí —sonrió, sentado en una de las sillas junto a la mesa—. He estado trabajando con los caballos hoy. Adam y Susanna me mostraban la manera cómo apaciguar a una yegua peleona.

Chloe sonrió. Ayer le habían presentado a Susanna, que estaba prometida a Adam, uno de los más trabajadores del rancho. Ambos habían sido muy amigables con ella y

Chloe se sentía cómoda con ambos. Parecía que Susanna era una mujer bastante inusual, dada su profunda afinidad por los animales y su habilidad con ellos. —Me encantaría verlos pronto.

—¿Susanna y Adam? ¿O los caballos?

Ella se rio. —Sí, los caballos. No he salido desde que me encontraste y me está cansando un poco.

Sonrió. —¿Te llevo ahora si quieres?

Una mirada de preocupación cruzó su rostro. —¿Ahora? No estoy segura de que sea seguro. John podría…

—Nos quedaremos en el granero —prometió—. Así que incluso si John aparece, no te verá.

—Tengo el estofado —continuó Chloe, un poco impotente. La idea de salir a la calle hizo que le doliera el estómago de nervios, como si John la viera en el momento en que ponía un pie al aire libre, pero al mismo tiempo, estaba ansiosa por tener un poco más de libertad.

—Yo puedo hacer eso —dijo Alice, entrando justo cuando Chloe terminaba de hablar—. Vas a salir, ¿verdad?

—Sí —contestó Chloe, dándose cuenta de que no tenía otra opción que estar de acuerdo—. Sólo al granero.

Alice asintió con fervor. —Muy sabia —murmuró, cogiendo la cuchara de madera de la mano de Chloe—. Tu marido te ha estado buscando en el pueblo, o eso escuché.

Chloe se detuvo. —¿Lo ha hecho?

Alice la miró, con la cara tensa al darse cuenta de que no se lo habían dicho a Chloe. —Ah. Veo que no debería habértelo dicho. Christopher probablemente no quería preocuparte.

—¿Qué escuchó? —Preguntó Chloe, su corazón latiendo en su pecho.

Alice se encogió de hombros. —Será mejor que se lo preguntes a él. Será mejor viniendo de él.

—Vamos —murmuró Michael, deslizando un fuerte brazo alrededor de sus hombros mientras la cara de Chloe se iluminaba un poco—. Christopher está en el granero. Iremos a hablar con él juntos.

En el momento en que Chloe salió, no pudo evitar sonreír. El aire fresco llenó sus pulmones y ella inclinó su cara hacia el sol por un momento. —¡Oh, esto es maravilloso!

La mano de Michael se movió hacia su cintura, aunque se apartó un poco hacia un lado, para poder verla mejor. —Te has perdido esto.

—Siempre disfruté estar al aire libre —murmuró Chloe, de repente muy consciente de su brazo alrededor de su cintura—. He echado de menos el sol y el viento en mi rostro.

Sonrió, antes de soltar la mano por completo. Extrañó el contacto al instante, consciente de que el calor en sus mejillas era debido a algo más que sólo por el sol. —¿Quieres ir a ver los caballos?

—Oh, sí —contestó ella, sonriendo—. Pero me gustaría hablar con Christopher primero, si puedo.

—Seguirá en el corral, trabajando con los caballos —respondió Michael, tendiéndole la mano como si fuera algo normal—. Vamos a buscarlo.

Chloe se detuvo un momento, antes de poner su mano en la de él. Era sólo amabilidad, se dijo a sí misma mientras bajaba las escaleras y cruzaba hacia el corral. No había nada más que eso.

Además, hasta que John le devolviera el contrato, no podía contemplar un futuro con nadie. El matrimonio estaría fuera de discusión si ella se hubiera prometido a otro hombre. La única forma en que podría empezar de nuevo sería dejar este lugar e irse lejos, muy lejos, a un lugar donde nadie la conociera. Tal vez allí podría encontrar un marido.

La idea de marcharse se sintió como una rápida puñalada al corazón, mientras Michael la miraba con una sonrisa. Era tan diferente de John y ya, Chloe tenía que admitir, que su corazón latía un poco más rápido cuando le sonreía.

Michael vio a Christopher pero no aceleró el paso. Le gustaba bastante la sensación de la mano de Chloe en la suya, y no se había perdido la manera en que sus grandes ojos marrones habían parpadeado con un deseo tácito cuando ella le tomó su mano. Era la misma chispa que él sentía en su corazón.

Capítulo Seis - "Escondiéndose"

Michael se apoyó en la cerca de madera del corral y sonrió. Chloe ya estaba ocupada conociendo a los caballos, y Susanna había estado más que feliz de ayudarla presentándoselos. Su risa contagiosa se trasladó a las orejas de Michael y su sonrisa se volvió más grande.

—No me digas que te estás enamorando de ella —dijo una voz en su oído. Michael saltó, volteándose para mirar a su hermano. —No.

—No hay vergüenza en enamorarse, Michael —contestó Christopher, de repente con seriedad—. Parece una dulce dama.

—Lo es —replicó Michael antes de que pudiera detenerse—. Pero eso no significa nada —terminó, lamentándose.

Christopher se rio, dándole una palmada en la espalda. —Estás encorvado —sonrió—. Menos mal que estás arreglando ese viejo lugar. Necesitarás una casa propia cuando estés casado.

Michael quería decirle que se callara y que ni siquiera estaba pensando en casarse con alguien, ni mucho menos con Chloe, pero en ese momento, los ojos de Chloe se encontraron con los suyos y de repente ni siquiera pudo pensar con claridad. El calor corrió a través de él mientras ella le enviaba una suave sonrisa, antes de volver a los caballos. La idea de casarse con ella de repente no le pareció tan mala.

Michael siempre había pensado en establecerse y casarse algún día, pero no había pensado que sería pronto. Pero Christopher tenía razón, ahora tenía su propia casa, aunque necesitaba mucho trabajo, y podía imaginarse a Chloe a su lado con tal vez un puñado de niños a su alrededor. Era una imagen casi idílica, pero no una que pudiera apartar tan rápidamente.

Lo único que se interponía en su camino era ese contrato que vinculaba a Chloe con John. Si lo tuviera, podría mostrárselo a cualquier autoridad y Chloe no tendría otra opción que volver con él. Era casi como un matrimonio, excepto que sin los votos. Muchas novias por correo lo hacían en esos días, sólo para que sus futuros esposos no pudieran rechazarlas inmediatamente. Había oído que, en ocasiones, el hombre y la mujer habían decidido romper el contrato juntos, antes de separarse, pero se preguntaba cuántas mujeres estaban como Chloe, atrapadas y sin salida.

Un repentino sonido de cascos le hizo fruncir el ceño, girando la cabeza para mirar.

—Es John —gruñó Christopher, acercándose a Michael—. Reconocería su caballo en cualquier parte. —El montaje era ciertamente llamativo, con el pelaje rojo, como el color de un centavo nuevo. No había muchos caballos por allí con ese color, supuso Michael.

—Necesito sacar a Chloe de aquí —murmuró, poniéndose el sombrero firmemente de la cabeza.

—Llévala al granero —dijo Christopher, con los ojos en John—. Sin duda querrá venir a buscarla, así que una vez que esté dentro de la casa, llévala a tu casa. Iré a buscarte cuando se haya ido.

Michael quería comentar que su casa prácticamente se estaba cayendo en pedazos, pero decidió no hacerlo, trepando la cerca del corral.

—Es John —dijo en voz baja, escuchando el grito de miedo de Chloe—. Ven conmigo, Chloe. Llévate uno de los caballos contigo para cubrirte.

El labio de Chloe tembló, pero hizo exactamente lo que dijo Michael, llevando a uno de los caballos de vuelta al establo, poniendo al animal entre ella y la casa. John no la vería, no si era cuidadosa.

Una vez dentro del granero, Chloe se escondió en uno de los rincones oscuros, espiando a través de un pequeño hueco en la pared. —*Es* John —respiró, intentando no sentir miedo—. ¡Sabía que debía haberme quedado en la casa!

Michael resopló, parándose junto a ella. —No, no hiciste nada mal. Ese hombre no puede dirigir tu vida por ti.

—Si tiene el contrato, puede —dijo Chloe, con un ligero sollozo—. ¡No sé qué voy a hacer, Michael!

Le puso un brazo alrededor de la cintura y la acercó. —No te preocupes, Chloe. Recuperaremos el contrato, ya verás. —Poco a poco se le fue formando un plan en la mente, pero aún no podía comunicarlo.

—¿En serio? —susurró ella, sus ojos llenos de humedad mirándolo.

Michael sintió como si algo adentro de él se derretía mientras la miraba. —De verdad, Chloe —murmuró, sus ojos yendo de sus ojos marrones a sus labios—. Te prometo que no estarás atada a él para siempre.

Chloe no sabía lo que le estaba pasando. No podía apartar la mirada de Michael, aunque quisiera. Sus ojos verdes eran fascinantes, sus palabras llenas de promesas que ella quería creerle desesperadamente. En lugar de sentir miedo por John, en lo único que podía pensar era en lo cerca que estaba Michael de ella, y en lo íntimo que era su abrazo.

—Será mejor que sigamos mirando —murmuró, rompiendo el momento—. John podría querer revisar en el granero, así que en cuanto entre en la casa, tenemos que correr a la mía.

—¿Tu casa? —Chloe preguntó, frunciendo el ceño—. Oh, ¿te refieres a la vieja casa en el rancho que has estado arreglando?

—Correcto —contestó, quitándole la mano de la cintura—. Sólo han pasado un par de semanas, así que no se ha hecho mucho, pero es seguro. Christopher no lo dejará buscar allí.

Chloe le sonrió rápidamente, pensando en lo segura que se sentía cuando él estaba cerca. Había algo en él que la tranquilizaba, que parecía calmar su alma. —¿A qué distancia está?

—Lo suficiente para que John no vaya a buscarla — prometió, con la esperanza de que ella pudiera caminar hacia el otro lado del rancho. Había estado trabajando allí más temprano en el día y tenía agua allí para que no tuvieran sed. La idea de estar a solas con ella en su casa envió un rebote de emoción a su corazón, acurrucándose en su vientre, pero Michael sólo aclaró su garganta, le sonrió rápidamente, y siguió mirando a John.

Capítulo Siete - "Besos Inesperados"

Chloe tomó un gran aliento de aire, sintiendo como sus pulmones ardían.

En el momento en que John había entrado en la casa, se habían ido por el corral, corriendo hacia la vieja casa al otro lado del rancho. Chloe no podía recordar la última vez que corrió tan rápido, y sólo había sido el temor de que John la viera lo que la había mantenido en marcha.

—Toma —dijo Michael, dándole un frasco de agua—. Bebe esto, Chloe. —La vio tomar enormes tragos de agua, pensando que parecía exhausta—. Lo hiciste muy bien, Chloe. Estamos a salvo aquí, por ahora.

—¿Crees que no nos vio?

Michael agitó la cabeza. —Lo habrían mantenido alejado de las ventanas, sólo para estar seguros. Christopher vendrá a buscarnos cuando se haya ido.

Chloe se sentó en una silla vieja y destartalada. —¿Cuánto tiempo será eso?

Se encogió de hombros. —No mucho tiempo, espero. Tengo algo de comida aquí si tienes hambre.

Al darle las gracias, Chloe agitó la cabeza. No creía que pudiera comer algo en ese momento. El saber que John estaba en el Rancho Martin estaba haciendo que su estómago se agitara, mientras que el resto de su cuerpo estaba en llamas por estar tan cerca de Michael. Había habido una chispa entre ellos que casi la había hecho besarlo desesperadamente, pero ella se había detenido a tiempo. Ni siquiera estaba segura de lo que él sentía por ella, aunque por la forma en que lo atrapaba mirándola de vez en cuando, Chloe se preguntaba si él se sentía tan atraído por ella como ella lo estaba por él.

Michael se sentó frente a ella, en la única otra silla del lugar, y apoyó los pies en la vieja mesa. —Supongo que podemos relajarnos aquí por un tiempo.

Chloe se rio, moviendo la cabeza ante él. —¡No sé si relajado es la palabra correcta! —Mirando por el lugar, vio las herramientas y las cosas regadas—. ¿Cómo te va con la casa?

Se encogió de hombros. —Va a llevar mucho tiempo, pero estoy empezando a lograrlo. Lo primero que hay que hacer es rellenar todos los agujeros y sustituir la madera

vieja por nueva. Que sea resistente al viento y al agua. —
Ese lugar era seco y polvoriento, pero cuando llovía,
llovía mucho.

—Parece que tiene mucho potencial —dijo Chloe, en voz
baja.

—Claro que sí —estuvo de acuerdo Michael. Por un
momento, pudo verse sentado allí con Chloe en el lado
opuesto de la mesa, con su anillo en su dedo.

Tendrían cortinas a cuadros en las ventanas, y ella estaría
cocinando un guiso de olor dulce para la cena, como el
que había estado haciendo en el rancho.

Chloe le sonrió, consciente de cómo sus dedos de los pies
se enroscaban cuando él le devolvía la sonrisa. —
¿Siempre has querido trabajar en el rancho? —Al darse
cuenta de que no sabía mucho sobre su pasado, Chloe
comenzó a preguntarle cosas sobre su vida.

—Christopher y yo fuimos rancheros durante años —
explicó—. Eso fue antes de que empezara a pensar que tal
vez la gran ciudad era un mejor lugar para vivir. —Puso

una mueca de dolor—. No me tomó mucho tiempo darme cuenta de que había cometido un error.

—Así que viniste aquí.

Asintió con la cabeza. —Mi hermano siempre fue bueno para cuidarme.

Creo que estaré aquí el resto de mis días.

Chloe inclinó la cabeza, observándolo. —¿Estás contento con eso?

—Definitivamente —sonrió—. Ya era hora de que me estableciera. Tal vez casarme, y ese tipo de cosas.

Se quedó sin aliento cuando sus ojos verdes se dirigieron a los de ella.

—¿Qué te parecería vivir aquí, Chloe? —preguntó en voz baja.

Chloe respiró, tratando de detener el temblor repentino en sus manos. Michael le estaba haciendo una de las preguntas más grandes que jamás haya contestado. —Supongo que yo también podría vivir aquí —susurró ella, mientras él empujaba su silla hacia atrás y se ponía de pie.

Caminando hacia ella, Michael se arriesgó y la tomó hacia sus brazos. —Chloe, no puedo sacarte de mi mente — susurró antes de inclinar la cabeza.

Completamente sorprendida por todo lo que acababa de pasar, Chloe apenas podía respirar, y mucho menos pensar. La repentina forma en que la sacó de su asiento y comenzó a besarla casi la había adormecido por el shock, pero una rápida ola de calor pronto la inundó. Sus labios eran suaves pero exigentes, instándola a responder. Chloe nunca había sentido algo así antes, cayendo sobre él cuando el deleite y el placer comenzaron a bañarla. Tímidamente, ella envolvió sus brazos alrededor de su cuello y dejó que sus dedos se enroscaran en su cabello, incitando un leve gemido de Michael.

—¿Te hice daño? —ella jadeó, retrocediendo, pero Michael sólo agitó la cabeza antes de volver a poner sus labios en los de ella. No se cansaba de ella.

Michael no estaba seguro de lo que le había pasado, pero la forma en que Chloe lo había mirado desde el otro lado de la mesa había exigido una respuesta.

La oleada de deseo prácticamente lo había forzado a levantarse de su asiento, estaba besando sus suaves labios y deslizando sus manos alrededor de su cintura. Era suave y cálida, casi indecisa en la forma en que estaba respondiendo. Michael estaba seguro de que nunca antes había besado a nadie, pero había una pasión en su respuesta que resonaba en su propio corazón. Quería a Chloe. Quería esto. Quería una vida feliz y plena aquí en el rancho, con Chloe a su lado. Era casi una locura lo mucho que sentía por ella, después de sólo unas semanas de conocerla, pero no se podía negar. No era sólo un deseo sensual, sino un profundo anhelo por ella que se abría paso dentro de su corazón. Él se preocupaba por ella y no quería nada más que alejarla de John. *«Ella no debería estar con él, debería estar conmigo»*, pensó para sí mismo mientras la besaba de nuevo, casi abrumado por todo lo que sentía.

—Tenemos que parar —dijo él, eventualmente, alejándose de su abrazo. Su respiración era irregular, mientras que ella estaba sin aliento—. Tenemos que hablar, Chloe.

Ella asintió con la cabeza, sus manos temblando mientras que sacaba su silla y se sentaba. Sus piernas parecían agua y todo su cuerpo temblaba de emoción. Nadie la había besado así. Había tanta pasión en ella, tanto sentimiento que casi la asustaba. Michael tenía razón. Necesitaban hablar.

Capítulo Ocho - "La Propuesta"

Michael le pasó una mano por el pelo una y otra vez, intentando que su corazón calmara su ritmo frenético. Todo iba tan rápido, pero Michael se dio cuenta de que nunca se había sentido más seguro de nada en su vida. Tener a Chloe aquí con él, en la casa que iba a ser suya, fue posiblemente la mejor idea que había tenido. Parecía que ella "encajaba" allí. —Chloe —comenzó, sentándose frente a ella—. Eres increíble. —Vio como sus ojos parpadeaban de sorpresa, seguidos de un ligero rubor en sus mejillas.

—Gracias. —Si fuera honesta, Chloe admitiría que la hizo sentir así—. John pasaba la mayor parte del tiempo diciéndome lo inútil que era y, después de un tiempo, era difícil no creerle.

—Ni siquiera pienses en lo que ese hombre dijo de ti —contestó, casi gruñendo a la idea—. Eres una mujer increíble, Chloe. Por eso quiero que te quedes aquí, conmigo.

Ella tragó, observando su rostro. —¿Me estás... pidiendo que me case contigo?

Dejó escapar un largo respiro, antes de sonreírle suavemente. —Sí, supongo que sí. Sé que no es la mejor propuesta que has tenido, y sé que sólo nos conocemos desde hace unas semanas, pero me gustas, Chloe.

La sonrisa de su cara se desvaneció un poco. —Tú también me gustas, Michael —dijo ella, lentamente—. Pero tienes razón, esto va muy rápido. —No era como si Chloe hubiera esperado en casarse por amor, pero no quería estar en un matrimonio en el que ambos sólo *se gustaban* el uno al otro. Tenía que haber algo más, o al menos el potencial de ello. Esa había sido la razón por la que había ido a casarse con John. Se habían acercado suficientemente, aunque todo lo que él le había dicho, había demostrado ser falso, en el mismo momento en que ella llegó. Al morderse el labio, Chloe volvió a mirar a Michael, que estaba esperando su respuesta—. Creo que me casaré contigo, Michael —dijo lentamente—. Pero no en este momento.

Levantó una ceja. —¿Qué quieres decir?

Ella apretó los labios por un momento, esperando que esto no fuera a hacer que él retirara su propuesta. —Quiero que nos conozcamos mejor. Quiero decir, no sé mucho de ti, cosas que una esposa debería saber.

—¿Como...?

Ella levantó los hombros, viendo su frustrado ceño fruncido. —Cosas como, cuál es tu comida favorita, o cuántos hijos quieres. De lo grande a lo pequeño, quiero conocerte mejor.

Michael hizo una mueca de dolor, pero finalmente cedió. Ella tenía razón, se dio cuenta. No se conocían bien, y sería mejor para ella. —¿Cuánto tiempo?
—¿Unos meses? —preguntó ella, en voz baja.

Soltó un suspiro. —Muy bien, ya pasaron tres meses. Supongo que me da tiempo para arreglar este lugar.

Aliviada, Chloe dejó salir una risa tranquila. —Exactamente, aunque estaré encantada de ayudarte en lo que pueda.

—¿De verdad?

Ella asintió, con una sonrisa en su cara. —Después de todo, también será mi hogar.

—Supongo que es verdad —dijo emocionado, su corazón casi bailando de felicidad.

Chloe le sonrió por un momento, antes de que su cara se oscureciese repentinamente. —Aunque esto no resuelve el problema de John y mi contrato.

Los hombros de Michael se desplomaron. Hablar de su futuro juntos le había hecho olvidar convenientemente la razón por la que se escondían en su vieja y destartalada cabaña en primer lugar. —Correcto —murmuró, frotándose una mano sobre sus ojos—. Me había olvidado de eso —dijo pensando rápidamente, miró a su futura esposa y vio la preocupación en sus ojos.

—John podría causar un montón de problemas con ese contrato, incluso si nos casamos —contestó Chloe, en voz baja—. No sé cómo recuperarlo.

—No necesitamos recuperarlo —dijo, pensativo—. Sólo necesitamos destruirlo. —Cruzando la mesa, extendió la mano y esperó a que ella la tomara—. Lo encontraré por ti, Chloe. Necesitas estar libre de eso.

Ella le sonrió, mientras sus dedos acariciaban el dorso de su mano. —No quiero que te pongas en peligro, Michael. John no es un hombre con el que se pueda jugar.

—No te preocupes —prometió—. Hablaré con Christopher y Eliza y se nos ocurrirá algo. Ellos también se preocupan por ti, sabes.

Chloe asintió, sabiendo que era verdad. Un golpe repentino a la puerta la hizo chillar de miedo, sólo para que Michael le asegurara que probablemente era sólo Christopher.

—Lo siento —murmuró Christopher, un poco avergonzado—. No quería asustarte, Chloe.

Con la mano en el corazón, Chloe trató de decirle que estaba bien, pero sólo podía dar grandes bocanadas de aire en un intento de calmarse.

—¿Se ha ido? —preguntó Michael, en voz baja. No quería asustar a Chloe más de lo que ya estaba.

Christopher asintió con la cabeza, con expresión seria. —No es bueno, Michael. Dice que volverá con el sheriff y sus hombres.

—¿Por qué? —Chloe jadeó, escuchándole hablar—. ¿Por qué haría eso? ¿Sabe que estoy aquí?

Christopher respiró hondo. —No lo dejábamos venir a ver este lugar, aunque quería.

—Así que ahora sospecha —terminó Michael, moviendo la cabeza.

—Precisamente.

—¿Entonces qué vamos a hacer? —Susurró Chloe, su corazón comenzando a latir frenéticamente.

Christopher y Michael se voltearon hacia ella, con idénticas sonrisas tranquilizadoras. —No te preocupes —contestó Michael, acercándose a ella y tomando su mano helada en la suya—. Ya se nos ocurrirá algo. Te dije que lo haríamos. Christopher ayudará.

—Por supuesto que sí —estuvo de acuerdo Christopher de inmediato—. Vamos, vamos a llevarte de vuelta al rancho. Eliza se pondrá frenética esperando a ver si estás bien.

Capítulo Nueve - "Necesitamos un Plan"

Eliza abrazó a Chloe en el momento en que entró. —¿Estás bien, Chloe?

—Estoy bien —contestó Chloe sonriendo. En la caminata de regreso a la casa del rancho se la había pasado hablando de ideas con Christopher y Michael y ahora se sentía bastante tranquila. Tendría que haber una salida para ella, *tenía* que haberla.

—Estábamos muy preocupados —interrumpió Alice, sirviendo estofado en tazones—. En el momento en que John dijo que quería buscar en toda la propiedad...

—Bueno, sí —continuó Christopher, lanzando una mirada de advertencia a Alice—. Pero ya se ha ido y tenemos tiempo de idear un plan.

Eliza frunció el ceño. —¿Un plan? ¿Qué clase de plan?

Chloe miró a Michael, con un ligero rubor en sus mejillas. —Michael y yo estamos... bueno, hemos decidido que...

—Voy a casarme con ella —interrumpió Michael, con una amplia sonrisa en la cara.

El silencio llenó la habitación mientras tres pares de ojos miraban a Michael antes de voltearse a Chloe. Chloe sintió que se calentaba por todas partes, todos la miraban. No sabía si estaban contentos o en estado de shock.

—¡Bueno, que alguien diga algo! —exclamó Michael, después de un momento—. Es repentino, lo sé, pero no nos casaremos hasta dentro de unos meses. Necesitamos conocernos un poco mejor primero.

Eliza volvió a abrazar a Chloe, rompiendo el silencio. —¡Qué maravilloso!

Estoy tan contenta por ti, Chloe.

—Gracias —murmuró Chloe, mientras se retiraba del abrazo de Eliza, sólo para encontrarse a sí misma en los brazos de Alice.

—Estas son noticias maravillosas —continuó Alice, abrazando a Chloe—. Sabía que en el momento en que ustedes dos entraran por esa puerta pasaría algo así.

—¿De verdad? —preguntó Chloe, inclinándose para mirar a la cara de Alice—. ¿Se notaba?

—Por supuesto que sí —sonrió Alice, acariciando su cabello gris—. No se consigue este color de pelo sin haber visto algunas cosas, y si hay algo que sé es cuando un hombre está enamorado.

Chloe sintió que su corazón se le caía en los dedos de los pies antes de volver a su pecho. Michael no le había mencionado la palabra amor a ella, y ella tampoco a él. Ciertamente sentía algo por él, pero no estaba muy segura de si llegarían a quererlo o no. Fue casi un alivio escuchar las palabras de Alice.

Christopher le dio una palmada a Michael en el hombro.

—Espero que sepas en lo que te estás metiendo —sonrió.

—Creo que a ti te va bien —bromeó Michael, con sus ojos sobre Chloe.

—Sí —contestó Christopher, mirando a su esposa que le dio una sonrisa suave—. Chloe parece una buena mujer,

Michael. Espero que hagas todo lo posible para hacerla feliz.

—Lo haré —dijo Michael, fervientemente—. El único problema ahora es el contrato.

Unos minutos más tarde, el grupo estaba sentado alrededor de la mesa, con la cena frente a ellos y la cabeza llena de pensamientos. Después de enterarse de la noticia del compromiso de Michael y Chloe, todos se habían dado cuenta de que el obstáculo que se interponía ante su inminente felicidad era John y su contrato.

—¿Podrías pedírselo? —preguntó Alice, encogiéndose de hombros—. Quizá si sabe que Chloe y Michael quieren casarse, eso le hará cambiar de opinión.

Chloe agitó la cabeza. —John no se preocupa por mí. Por lo que a él respecta, yo le pertenezco. Nada va a cambiar eso.

Christopher suspiró. —Por lo que vi de John hoy, creo que estoy de acuerdo.

Está decidido a recuperar a Chloe pase lo que pase.

—Entonces, tienes que deshacerte del contrato —dijo Eliza.

—No podemos ir a buscarlo —dijo Michael, un poco exasperado—. O ya lo

habría hecho.

Eliza inclinó la cabeza. —Pero, ¿y si su casa estuviera vacía? Podrías revisar su casa en ese caso, sabiendo que él no está allí.

Chloe se sentó un poco más derecha, su mente pensando profundamente. —Va a volver aquí, ¿no? ¿con el sheriff?

—Sí, mañana, creo —contestó Christopher, lentamente—. Así que su casa estaría completamente vacía.

—Y Chloe no puede estar aquí —advirtió Michael, consciente de que el sheriff y sus hombres harían un registro minucioso.

—Entonces iré contigo —dijo Chloe, en voz baja.

—¿Qué quieres decir con que vendrás conmigo?

Sintiendo los ojos de todos sobre ella, Chloe trató de explicárselo rápidamente. —John y el sheriff no saben que estás aquí, ¿verdad, Michael?

—No, no lo saben. —Observó a Chloe mientras hablaba, viendo cómo su cara se animaba cada vez más. Claramente, se le ocurrió un plan.

—Entonces, cuando llegue el sheriff, nos dirigimos a la casa de John y buscamos el contrato —explicó—. No estoy segura de dónde nos esconderíamos ni nada, ya que no conozco muy bien la zona, pero sabríamos que John estaría aquí.

—Y eso nos daría tiempo para buscar y encontrar el contrato —concluyó Michael, con una pequeña sonrisa—. Eres increíble, Chloe. —Su cara se llenó de admiración por ella y Chloe sintió que sus mejillas se calentaban, mientras el calor se extendía a través de ella.

—Tendrás que esconderte fuera de la vista —advirtió Christopher—. Tal vez si llevas dos caballos a la cima de la colina, y se quedan allí, tendrán una buena vista del lugar. Aunque es peligroso. ¿Qué pasa si John regresa a su casa temprano?

—Confío en que Michael me mantendrá a salvo —murmuró Chloe, suavemente, sus ojos en los de su prometido.

—Entonces está decidido —dijo Michael sonriendo, golpeando la mesa con su puño—. Mañana a primera hora, prepararé los caballos y luego sólo tendremos que esperar.

—Suena como que ya tienes el plan —murmuró Alice desde su esquina de la mesa—. Tengan cuidado, los dos

¿Nerviosa?

Capítulo Diez - "¡Vamos!"

Chloe miró a Michael y asintió. No tenía sentido fingir. Apenas había dormido anoche, dando vueltas y preocupándose por John y ese maldito contrato.

—No lo estés —sonrió Michael, tratando de tranquilizarla—. Lo encontraremos.

—Eso espero. —Esta era su única oportunidad de libertad—. ¿Qué pasa si lo tiene en el bolsillo o algo así?

Michael agitó la cabeza. —¿Algo tan valioso? No, no lo llevará encima.

Sería demasiado arriesgado. Podría perderlo cuando esté cabalgando o algo así. Lo tendrá en algún lugar seguro dentro de la casa.

Chloe se tomó un respiro, viendo como John, el sheriff y algunos otros hombres caminaban hacia la casa del rancho. Estaban fuera de su vista, esperando el momento adecuado.

—Parece que vienen en camino —murmuró Michael. ¿Te las arreglaste para esconder todas tus cosas?

—Sí, lo hice. Las puse junto a las cosas de Alice y Eliza. Los hombres no se atreverán a buscar allí.

Michael se rio. Si quería, Eliza podía ser algo así como un lanzallamas, y no había manera de que un hombre empezara a revisar las cosas de una mujer. —Han entrado —dijo, poniendo a Chloe de pie y cogiéndola en sus brazos cuando se tropezó.

Se miraron por un momento, todo en silencio. El corazón de Michael comenzó a golpear su pecho mientras miraba a los ojos de Chloe, olvidando todo lo que se suponía que debían hacer. Cuando él la besó suavemente, ella respondió rápidamente, acercándolo con sus brazos alrededor de su cuello.

—Chloe —retumbó, después de un momento—. Me hechizas. —Dándole un último y rápido beso, sonrió al rubor de sus mejillas antes de ayudarla a subirse en la silla de montar—. Será mejor que cabalguemos rápido —dijo, saltando sobre su caballo—. Antes de que salgan del rancho y nos vean. ¿Lista?

Chloe asintió con la cabeza, clavando sus talones en los costados del caballo y siguiendo a Michael a través de la llanura.

Un rato después, y la granja de John apareció a la vista. Al verla se le revolvía el estómago a Chloe, y podía sentir cómo la sangre se le drenaba de la cara. Ella odiaba ese lugar. Había sido el lugar donde sus sueños se habían hecho añicos, de donde creía que nunca escaparía.

—¿Estás bien? —preguntó Michael, suavemente, viendo el dolor en su expresión.

—En realidad no —contestó ella, su voz temblando—. Estaré bien en un momento.

Asintió, llevándolos a ambos por la parte de atrás de la casa y detrás del granero. —Mejor átalos aquí —dijo, saltando—. No serán vistos fácilmente.

Chloe saltó ella misma, sin esperar la ayuda de Michael, pero de todos modos se tiró en sus brazos.

—Sé que estás asustada —susurró, sintiendo su temblor—. Pero no tienes que estarlo. Estoy aquí contigo. No tendrás que volver con él, te lo prometo.

—¿Y si no encontramos el contrato?

—Entonces te llevaré lejos de aquí —prometió, inclinándose para mirarla a la cara—. Nos casaremos en otro lugar, en otro lugar nuevo —la mirada en su cara hizo que le doliera el corazón. Parecía tan asustada, tan vulnerable—. Juro que te protegeré, Chloe.

—Gracias, Michael —susurró Chloe, dejando que su fuerza la llenara. El hecho de que estuviera dispuesto a empezar de nuevo, sólo para mantenerla alejada de John, lo dijo todo. Nadie se había preocupado antes por ella de esa manera.

—Vamos —murmuró, alejándose y tomando su mano—. Vamos.

La casa estaba oscura y polvorienta, haciendo que Chloe tosiera al empezar a buscar.

Michael agitó la cabeza ante el estado del lugar. —¿Cómo puede vivir así? —preguntó, a nadie en particular. La casa estaba llena de platos sucios, con ropa tirada por todas partes e incluso botellas vacías tiradas en el suelo. Algunos libros estaban apilados al azar en la mesa de la cocina y las cortinas no parecían haber estado abiertas durante semanas. Una delgada capa de polvo cubría la mayoría de las cosas y había un olor a moho en el aire.

—Tenía que limpiar este lugar todos los días —murmuró Chloe, recordando lo perezoso que había sido John—. El hombre no hacía nada. —Ella no sabía cómo sobrevivió John como granjero, dado lo poco que parecía hacer. Michael, por otro lado, era exactamente lo contrario. Desde antes de que saliera el sol, se encontraba trabajando arduamente para arreglar su casa y para ayudar a Christopher y a Eliza. Ella nunca podría haber sido feliz con John. No era lo que ella (o cualquier mujer) necesitaba.

—¿Alguna idea de por dónde empezar a buscar?

Chloe agitó la cabeza. —El dormitorio está ahí, pero preferiría que lo revisaras tú, si no te importa. —Lo último que ella quería ver eran las cosas innombrables de John tiradas por ahí.

Michael asintió, entendiendo su reticencia. —Seré tan rápido como pueda.

Asegúrate de venir y decirme si oyes algún ruido.

—Claro que sí. —Chloe observó cómo Michael desaparecía en el dormitorio, antes de echar otro largo vistazo a la casa. El pánico y el miedo hacían que su corazón comenzara a latir fuerte, pero Chloe apartó esos sentimientos. Tenía que pensar con calma y cuidado.

Chloe comenzó una búsqueda minuciosa de la sala de estar, pero no encontró nada. Al hojear los libros de la mesa, se ahogó ante la cantidad de polvo que se desprendía de ellos, volviéndolos a colocar con cuidado. No había nada debajo de la alfombra o en las botellas de alcohol vacías en el suelo. Su armario de licores, aunque bien surtido, no tenía escondites y tampoco había nada en la cómoda de cajones. Suspirando pesadamente, Chloe miró a través de una grieta en las cortinas, sólo para asegurarse de que no venía nadie. No hubo ni un solo sonido, y Chloe respiró profundamente, tratando de calmar su frenéticamente palpitante corazón.

Deambulando por la cocina, empezó a mirar a su alrededor. El polvo cubría casi todo y había agua estancada en un par de ollas. Esa vista le revolvió el estómago. Dios sabe lo que John había estado comiendo desde que ella se fue, pero sea lo que sea, él ciertamente no había limpiado por sí mismo.

—¿Dónde podría estar? —se murmuró a sí misma, pensando mucho. John odiaba cocinar, eso era seguro, así que ¿por qué había algunas ollas a un lado de la cocina, como si acabaran de ser limpiadas? De hecho, eran las únicas cosas que brillaban en todo el lugar. Todo lo demás estaba sucio o polvoriento—. ¿Michael? —Lo llamó, oyéndole salir corriendo—. Mira.

Capítulo Once - "¡Esto se Acabó!"

—¿Qué estoy mirando?

Chloe rápidamente le explicó, acercándose a las ollas. —No tiene sentido que estén tan limpias. —Las tres ollas estaban perfectamente apiladas una encima de la otra, con la tapa debajo de cada olla para mantener el equilibrio. Agarrando la más pequeña, Chloe se la dio a Michael, quien miró hacia adentro, pero sacudió la cabeza.

—¿Ésta? —preguntó ella, dándole la segunda olla mientras miraba dentro de la tercera.

—No —dijo, en voz baja—. Nada. Lo siento, Chloe.

—Tampoco hay nada en esta —suspiró ella, su corazón hundiéndose—. Pensé que era una buena idea.

Justo cuando Michael le dio la segunda olla para que la volviera a poner en su sitio, Chloe se quedó inmóvil por un momento y sus ojos se fijaron en algo.

—Levanta eso otra vez —gritó, exaltada.

—¿Levantar qué? —preguntó Michael, con una expresión de desconcierto en su rostro.

—¡El fondo de la olla! —exclamó Chloe. Mientras Michael lo volteaba, las manos de Chloe volaron a su boca mientras ella recuperaba el aliento. Ahí estaba. El contrato.

—¿Es este? —preguntó Michael, desenvolviendo delicadamente el trozo de papel del fondo de la olla, antes de desplegarlo.

Chloe asintió, un repentino torrente de lágrimas en sus ojos. —Sí, ese es —susurró ella—. Lo reconocería en cualquier parte.

Los ojos de Michael se movieron a través de las pocas líneas escritas, mientras Chloe señalaba su firma. El alivio lo inundó, y abrazó a Chloe a su pecho. —Lo encontraste —susurró, dándole un beso en la sien—. Eres libre, Chloe.

Chloe lo miró, su corazón lleno de gratitud. Ella sabía que nunca se habría atrevido a volver allí sin su ayuda. Él le había ofrecido algo más que su libertad, le había ofrecido un futuro. Uno brillante, lleno de vida y risas. —No podría haber hecho esto sin ti, Michael —susurró ella, mientras su pulgar rozaba las lágrimas de su mejilla—. Gracias.

Mientras compartían un breve beso, un repentino sonido hizo que ambos se congelaran. Chloe sintió que su sangre se congelaba en sus venas mientras escuchaba a John gritando para sí mismo, claramente frustrado.

—Es John —dijo ella, mirando a Michael con ojos de horror—. ¿Qué vamos a hacer?

Michael pensó rápido. No podían salir de la casa para llegar a los caballos, no sin que John los viera. —Tenemos que enfrentarlo, Chloe.

—No —susurró ella, sus manos luchando por agarrar su brazo—. ¡Michael, no puedo!

La besó con fuerza. —Sí, puedes. Ahora tenemos el contrato, así que no hay nada que pueda hacer. No tiene control sobre ti, Chloe.

Chloe podía sentirse temblando por todas partes. Lo último que quería hacer en el mundo era salir y enfrentar a John, pero parecía que no tenía opción. No podían esconderse en su casa, y no podían salir a buscar los caballos sin ser vistos. —Tengo miedo, Michael.

—Estoy aquí contigo —prometió, tomando su mano—. Vamos.

Enfrentémoslo juntos.

Tratando de mantenerse erguida, Chloe salió de la casa con Michael, apretando su mano en un puño. Sus uñas se clavaron en la palma de su mano, pero necesitaba que el dolor se mantuviera enfocado. Levantando la barbilla, respiró temblorosamente y salió a la calle.

—¡Tú! —John los vio inmediatamente—. ¡Te he estado buscando por todas partes! —Su cara estaba roja, su brazo salía disparado para agarrarla, pero Michael estaba allí en un momento.

—No, no lo harás —dijo en voz baja—. Quítale las manos de encima, John.

La cara de John se oscureció de rabia. —¿Quién eres y qué haces con mi mujer? —gritó a medias.

—No soy tu mujer —contestó Chloe, tratando de no entrar en pánico—. Y nunca lo seré, John.

—Ah, ¿sí? —dijo enfadado—. Bueno, yo pienso lo contrario. Tengo ese contrato, ¿recuerdas?

Chloe levantó una ceja. —Ah, ¿sí? —preguntó ella, en voz baja. Vio como sus ojos se entrecerraban, solo para poder entenderlo. Ella vio la forma en que su labio se rizó y sus manos se apretaron lentamente. Al acercarse un poco más a Michael, ella sintió que él le envolvía el brazo alrededor de los hombros, apretando suavemente para animarla.

Lo has tomado, ¿verdad? —John maldijo en voz alta, su voz palpitando de ira—. Devuélvemelo.

—No sé de qué estás hablando —susurró Chloe, tratando de mantenerse fuerte—. Pero si no puedes encontrar ese contrato, entonces no tienes control sobre mí.

John resopló, agitando la cabeza. —Lo recuperaré, no te preocupes por eso.

Aunque tenga que pelear contigo por ello. —Sus ojos se movieron hacia Michael mientras hablaba. Sabía claramente que uno de ellos lo tenía y había apostado a que era Michael.

—No va a ser necesario ningún tipo de pelea —dijo una repentina voz—. Pensé en venir a ver cómo estabas, John, para asegurarme de que estabas bien.

¿Alguien quiere explicarme exactamente qué está pasando?

Era el sheriff.

Chloe no sabía si debía sentirse aliviada o aterrorizada. El hombre tenía el poder por aquí. Podría enviarla de vuelta a John, sin dudarlo.

—No te preocupes —susurró Michael, sintiendo su tensión—. El sheriff es un buen hombre. Sólo tenemos que explicar lo que ha pasado. No te contengas.

El sheriff evaluó a Chloe con la mirada. —Tú debes ser la esposa de John.

Ella jadeó. —¡No soy su esposa!

Frunciendo el ceño, el sheriff miró a John, que se veía un poco avergonzado. —¿No lo eres?

—No —explicó Chloe, su pecho palpitando de emoción—. Vine como una novia por correo, pero nunca se casó conmigo.

—Siempre tuve la intención de…

—Me mantuvo aquí durante días. No me permitía salir, yo… —Las lágrimas inundaron sus ojos y Chloe tuvo que taparse la boca para no sollozar en voz alta.

—Ya está, ya está —murmuró el sheriff, en voz baja—. Parece que la ha pasado mal, Srta. Chloe. ¿Por qué no empezamos desde el principio? Quiero que me lo cuentes todo.

Capítulo Doce

Chloe miró al sheriff, viendo la mirada amable en su cara. Tratando de manejar sus emociones, respiró profundamente antes de empezar.

—John y yo nos escribimos durante mucho tiempo. Parecía amable y amistoso y me prometió una nueva vida aquí. Así que, cuando me envió el contrato para casarme con él, no lo dudé.

—Y ahora estás tratando de alejarte. —Gritó John—. Malagradecida…

—Es suficiente —interrumpió el sheriff, volteándose hacia John—. Mantén esa boca cerrada hasta que te hable. Ya me mentiste una vez, diciéndome que era tu esposa, así que no te escucharé hasta que esté listo para irme. ¿Entiendes?

Michael logró ocultar la sonrisa que se extendía por su cara mientras John bajaba la cabeza y murmuraba algo que no podía oír. Parecía que nada bueno saldría de esto para el hombre, pero a Michael no le importaba. Sólo quería a Chloe lejos de John para siempre.

—Por favor, continúa, querida —continuó el sheriff, después de mirar a John—. Así que firmaste el contrato. ¿Qué pasó cuando llegaste? ¿Por qué no estás casada con John?

Chloe sintió que su ira aumentaba mientras respondía a la pregunta del sheriff. —Me dijo que nos casaríamos al día siguiente, así que, al no tener otra opción, vine aquí con él. Desafortunadamente, nunca lo hizo. En vez de eso, me mantuvo adentro, no me permitió salir y me obligó a trabajar aquí como una esclava.

Las cejas del sheriff se elevaron mientras miraba rápidamente a John, que estaba de pie a un lado, con un lento sonrojo en su cuello. —¿Es eso cierto?

—La única razón por la que me escapé fue porque terminó borracho como piedra una noche y aproveché la oportunidad. Michael me encontró en las llanuras y me llevó al Rancho Martin. —Mirando al sheriff con desesperación en sus ojos, Chloe se adelantó. —Por favor, señor, no quiero casarme con John. No es el hombre que dijo que era.

El sheriff se aclaró la garganta, volteándose para mirar a John. —¿Es esto cierto, John?

John miró con ira a Chloe por un momento, antes de responderle al sheriff. —No importa lo que ella quiera, ella firmó el contrato. Ella está atada a mí.

—¡No! —Chloe lloró—. No me casaré contigo, John. ¡Amo a Michael!

El corazón de Michael casi se detuvo en su pecho mientras la miraba. Sólo al darse cuenta de lo que había dicho, Chloe se volteó para mirarlo, con sus ojos rebosantes de lágrimas. —Te amo, Michael —repitió ella, en voz baja—. Quiero hacer mi vida contigo.

—Chloe —murmuró, adelantándose para poder abrazarla—. Yo también te amo. —Al caer sus lágrimas, la abrazó de cerca, mientras John escupía en la tierra—. Sheriff, voy a ser honesto con usted, vinimos aquí para conseguir el contrato. No creo que sea correcto que Chloe esté atada a un hombre como John. La forma en que la trató dice que no es un buen hombre y que no será un buen marido.

Mientras John balbuceaba, el sheriff levantó una mano para silenciarlo antes de voltearse hacia Michael. —¿Tienes el contrato?

Michael asintió, sacándolo de su bolsillo y dándoselo al sheriff.

Manteniendo un brazo alrededor de la cintura de Chloe, la miró con una sonrisa alentadora antes de voltear su mirada hacia el sheriff. Su corazón latía alocadamente mientras el sheriff lo miraba cuidadosamente.

Chloe se sintió como si estuviera parada en el filo de un cuchillo. En este momento, el sheriff podía decidir cómo sería su vida futura y estaba esperando a que se dictara sentencia. Sin importar lo que pasara, Chloe sabía que siempre amaría a Michael y que, de alguna manera, él la alejaría de John. Su corazón latía con amor por él. Él era todo lo que John no era, y más. Él la cuidaba, quería un futuro con ella y Chloe sabía que estaría a salvo con él. —Por favor —susurró ella—. Quiero casarme con Michael.

El sheriff tartamudeó un momento, antes de retener el contrato. Con mucha delicadeza, rompió el papel en dos pedazos, antes de doblarlo y volverlo a romper. Arrojando los pedazos al viento, se volteó hacia John, quien ahora gritaba con frustración y enojo.

—Engañaste a esta mujer, John —determinó el sheriff—. ¿Cómo te atreves a tenerla aquí como prisionera? ¡Debería arrojarte a las celdas por eso!

Pero en vez de eso, te quedarás aquí, vivirás en silencio y trabajarás duro. Si escucho una sola cosa sobre ti molestando a estos dos, o a cualquier otro en el Rancho Martin, te voy llevar a la cárcel. ¿Me oyes?

John apretó la mandíbula y sus manos se convirtieron en puños. Por un momento pareció que iba a atacar a Michael y Chloe, pero una mirada de advertencia del sheriff lo detuvo en seco. —Bien —se mordió el labio, con su cara oscura y enojada.

—Bien —contestó el sheriff—. Ahora entra en tu casa mientras hablo con estos dos.

Chloe trató de no retroceder mientras John pasaba a su lado, sintiendo que la mano de Michael se le apretaba en la cintura. En el momento en que oyó

que se cerraba la puerta, dio un gran respiro de alivio, mirando con gratitud al sheriff.

—No puedo agradecérselo lo suficiente —respiró, parpadeando con fuerza contra las lágrimas que le caían.

—Avíseme si la vuelve a molestar —contestó el sheriff, acercándose y estrechando la mano extendida de Michael—. ¡Y espero recibir una invitación para su boda!

Chloe se rio, sonrojándose mientras Michael le daba un beso en la mejilla. —Por supuesto que lo harás.

—Gracias, sheriff —contestó Michael, sonriendo ampliamente—. No puedo decirte lo feliz que me has hecho.

—Me alegra oírlo —dijo el hombre, con una sonrisa en su cara—. Ahora, será mejor que vuelvan a ese rancho, estoy seguro de que tu hermano estará esperando a escuchar todo lo que has estado haciendo.

Agradeciéndole de nuevo, Chloe y Michael se acercaron a sus caballos, apenas capaces de creer lo que había pasado. Chloe sintió una gran sensación de libertad, como si fuera capaz de respirar correctamente por primera vez.

—¿Estás feliz? —preguntó Michael, en voz baja.

—¿Feliz? —Contestó Chloe, mientras sus brazos se deslizaban alrededor de su cintura—. Por supuesto que estoy feliz. Tengo mucha suerte de haberte conocido, Michael. Me has hecho más feliz que nunca en mi vida.

—Eso es exactamente lo que siento por ti —contestó Michael, con honestidad—. No puedo esperar a pasar el resto de mi vida contigo a mi lado.

Chloe levantó sus brazos alrededor de su cuello, sus corazones latiendo como uno solo. —Te amo, Michael —susurró ella, en voz baja.

—Y yo te amo a ti —respondió antes de besarla con toda la pasión que sentía

www.ingramcontent.com/pod-product-compliance
Lightning Source LLC
La Vergne TN
LVHW041627070526
838199LV00052B/3271